KB148131

귀로

황금알 시인선 156

귀로

초판발행일 | 2017년 11월 17일

지은이 | 미즈타 노리코(水田宗子)
옮긴이 | 이영화
펴낸곳 | 도서출판 황금알
펴낸이 | 金永馥
선정위원 | 김영승 · 마종기 · 유안진 · 이수익
주간 | 김영탁
편집실장 | 조경숙
표지디자인 | 칼라박스
주소 | 03088 서울시 종로구 이화장2길 29-3, 104호(동숭동)
물류센타(직송 · 반품) | 100-272 서울시 중구 필동2가 124-6 1F
전화 | 02)2275-9171
팩스 | 02)2275-9172
이메일 | tibet21@hanmail.net
홈페이지 | http://goldegg21.com
출판등록 | 2003년 03월 26일(제300-2003-230호)

값은 뒤표지에 있습니다.

ISBN 979-11-86547-74-8-03810

*이 도서의 국립중앙도서관 출판예정도서목록(CIP)은 서지정보유통지원시스템 홈페이지(http://seoji.nl.go.kr)와 국가자료공동목록시스템(http://www.nl.go.kr/kolisnet)에서 이용하실 수 있습니다.(CIP제어번호: CIP2017027801)

귀로

미즈타 노리코(水田宗子) 지음

이영화 옮김

황금알

| 추천의 글 |

시인의 "귀로"는 어디인가

– 미즈타 노리코 시인을 한국에 소개하며

문정희(시인 · 전 한국시인협회 회장)

오늘날 일본 시단에서 매우 특별한 위치를 지닌 미즈타 노리코 시인은 세련된 미학과 전통을 계승한 가문에서 자라나 일찍이 미국에 유학하여 세계적인 학문과 감각을 몸으로 받아들인 시인이다.

유서 깊은 예일대에서 공부하며 60년대 당시 미국에 불던 반전, 민권 운동과 비트 세대의 자유로운 호흡 속에 페미니즘과 젠더에 눈 뜨고 시를 쓰며 비교문학을 전공한 학자요, 교수이다.

미즈타 노리코 시인의 시 세계가 국경과 시대와 언어를 뛰어넘어 젊고 자유로운 정신과 감각으로 가득 차 있음은 바로 이런 배경 때문이다.

4년 전에 시카다상(Cikada—Priset) 수상자를 위한 국제 심포지엄에서 처음 만난 이래 나는 미즈타 노리코 시인의 지성과 품격에 매번 경이로움을 느꼈다. 미즈타 노리코 시인은 동아시아 시인이라기보다 세계 시인의 밀도와 체취를 더 많이 지니고 있었다.

시카다상은 노벨문학상을 수상한 스웨덴 시인 해리 마틴슨의 탄생 100주년을 맞아 2004년에 제정된 상이다. 시카다라는 이름에서 알 수 있듯이 이는 폐허에서 생명의 존엄을 알린 매미에서 그 이름을 따온 상이다.

지구에서 유일하게 핵이라는 비극적 재앙을 겪은 히로시마의 폐허에서 힘찬 울음을 터트린 매미는 전율과도 같은 기막힌 생명의 은유가 아니었을까.

그것을 스웨덴 시인 해리 마틴슨이 서사시로 썼고, 그 후 그는 노벨상을 수상하게 된다.

생명의 존엄을 노래한다는 것! 이것이 첫 번째 심포지엄의 주제였다.

일본 조사이국제대학에서 열린 이 심포지엄에 한국의 수상자로 신경림 시인과 내가 참석했다. 중국시인으로는 베이다오 시인이 참석했고, 북구의 라르스 바리외 시인과 일본의 저명 시인들이 다수 참석한 것은 물론이다.

그때 일본 수상자로 참석한 분이 미즈타 노리코 시인이었다.

그녀의 문학적 박식함과 상상력은 놀라울 정도로 팽팽했다. 우리는 그 후 만날 때마다 여러 주제로 대담, 혹은 정담鼎談을 펼치었다. 그중 몇 주제는 책으로 묶이어 일본에서 출판되기도 했다.

포스트 콜로니얼 작가들과 타민족과 타인의 기억과 젠더와 언어 표현의 문제 등 많은 대화를 나누었다. 특히 실비아 플래스, 앤 섹스턴, 산드라 길버트의 "다락방의 미친 여자"까지 종횡무진 페미니즘 작가들에 대해 대화를 나누며 시의 나라에서 함께 호흡하는 친밀감을 공유했다.

"모더니즘과 전후 여성시의 전개" "여성의 표현, 여성 작가의 언어" 등에 대해 중량감 있는 저서를 펴낸 탁월한 비교문학자인 그녀와의 대화 중에는 여성의 몸을 성 도구로 이용한 정신대 얘기도 포함되었다. 정치적인 허울을 벗고 문학과 여성의 관점에서 의견을 나누며 그녀가 시인이며, 일본 여성학 창설위원임을 다시 상기했다.

미즈타 노리코의 시집 『귀로』를 한국에 소개하며 사뭇 설레는 마음을 금할 길 없다. 자신이 글로벌 시인이면서도 "글로벌리제이션은 문화가 평탄해져 평지가 되는 것"이라며 "역시 시는 개인이나 조그만 장소에서 쓰는 글이 오래 남지 않을까"라고 어느 대담에서 밝힌 바 있다.

세계를 떠돈 시인의 "귀로"는 어디로 돌아가는 길을 말하는가? 그것은 전적으로 지역이 아닐지도 모르겠다.

차 례

2부 정원

3부 타오르는 호박

1부

귀로

푸름의 시

기억이 엷어져 가는 그 끝은
푸른 하늘
들판에 누워 구름을 쫓는다
푸름이 끝나는 곳에 옛날이 있는 걸까
푸름이 비워지면
하얀 낫씽nothing
캄캄하지 않아 좋다
주위를 둘러싼 하늘
초원 가득한 망각
어쩌지 못해
희미해진 기억을 들이마신다
아무 맛도 나지 않는
푸름

부도浮島

저 섬으로
헤엄쳐 갈 수 있을까
지금,

어릴 적 엄마는 혼자 헤엄쳐 갔고
언니는 늘 바닷가에서 자란 아이들 뒤를 쫓아갔다
폭격기는 도쿄로 향했지만
이곳 류시마는 통과,
해변에 홀로 남아
섬을 바라보았다
섬은 저리도 가까이
너무나도 멀리
지평선을 단호히 가로막고 서서
해면에 흔들리고 있다
거센 파도의 외계를 차단하고
액자를 독점하는 부도
후미 출구에 떠 있는 이름 모를
작은 섬
이 해변과 저 부도 사이에

뭐가 있었던 걸까
여섯 살의 여름

깊은 심연에서 솟아오르는 도취
은밀히 다가와
단번에 사로잡고는
절대 놓지 않는
로렐라이의 완력

엄마와 같은 용녀龍女의 젖가슴
목적지에서 떼어놓는 것만이
목적에 대한 불요불굴
끝까지 눈을 뜨지 못하게 하는
짜디짠 소금물
부도에서 돌아오지 못하는 줄 알았던
어린 시절
류시마야말로 영원한 나라
넓은 세상을 가리는 낙원

언젠가 부도로 먼 여행을
떠나리라
폐 공포의 통과의례
익사한 시인의 노래를 알았을 무렵
봄의 끝자락이 다가왔다

그 너머의 계절이 어떻든
이제 계절을 역행할 수 없다
마지막 프로펠러 편으로
해저도 아닌
과거도 아닌
하늘을 향해
북극 하늘을 경유해
단숨에 태평양을 넘은
나 스물두 살의 여름

이 나이에
헤엄쳐 갈 수 있을까
지금 부도는 유락지
젊은이들
류시마 해변에서 다리를 건너
파라다이스로 당일 데이트
헤엄쳐 가는 이는 아무도 없다
사이렌 대신
호객행위하는 젊은이들
희열로 안내하는 할인권
익사하는 이도
말리는 이도 없다
평일은 인기 없는 파라다이스
보물 상자 선물 없이

류시마로 편안한 귀가
이젠
헤엄쳐 갈 수 있을까
이국의 부도에서
제트기로 돌아온
지금
나만의 먼 부도에서
오랜 세월이 흐른 후 돌아온
지금
어릴 적 전율은
꿈처럼
안락함에 대한 어렴풋한 갈증

이젠
헤엄쳐 갈 수 있을까
거리는 옛날 그대로인데
나를
가로막고 있는
어릴 적 기억은
다가가면 멀어지고
신기루처럼 흔들리는
아직도 미지의 장소
미지의 경험
알 수 없는 곳

언젠가는 건너갈 해류
무관심을 가장하며 날
부른다

낮엔
요란한 유행가 소리
밤이 되면
어둠 속의 검은 섬 그림자
쓸쓸해진 유원지

그 너머의 짙은 어둠
언젠가 내가 헤엄쳐 갈 곳은
아직도 알 수 없는 부도
부도가 가로막고 있는 어둠

날개옷 초암

몸에 걸친 옷을 빼앗아 가니
한 포기의 풀이 자라고 있었다
가느다란 줄기
투명한 작은 원통
물은 빨아올리고 있는 걸까
순환은 잘 되는 걸까
귀를 기울이니
힘없이 살랑이는 두 장의 잎사귀
바람에 날아가 버린 옷
비명이었나
아니면 환희의 절규,
사라진 기억 뒤에
푸른 하늘에 둘러싸인
풀 한 포기,
생각나지 않는
빛바랜 기억
여기는 빈터
울타리에 둘러싸인 웅덩이
들여다보는 이들

빠끔히 구멍이 뚫리고
푸른 하늘이 내려온다
도시의 초원
흔적도 없어진
어떤 철거지
멀리서 전철이 들어와
긴 지하 터널을 빠져나가
도시의 터미널로
다가가는 소리
여행은 어디서부터 시작된 걸까
여행은 어디서 끝난 걸까
빈터엔 언제 내려온 걸까
훠얼 훠얼
정처 없는 방황의 끝
혹시
옛날
무슨 일이 있었던가
잊어버린 이야기
알 수 없는 이야기
아득한 옛날 꾸며낸 이야기
존재하지 않는 이의 이야기
날개를 되찾으려
여기저기 돌아다녔지만
그 누구도 사랑할 수 없었다

그래도 미련은 남아
떨고 있는 풀 한 포기
Jack을 태우고 달까지 갈 수 있을까
날개옷을 찾아
광섬유처럼 돌아다니고 싶었다
해변 오두막에서 날개옷을 말리고 있을 때
당신을 만났다
날개옷을 잊어버린 건
그 순간뿐
날개옷의 행방을 좇아
몇천 년
키워준 노부부에게
은혜를 갚고 싶었고
다정히 대해 준 어부 남편을
조금이나마 행복하게 해주고 싶었지만
그래도 날개옷은 놓지 않았다
아이들을 끌어안고
사막의 바위 그늘에서 밤을 지새울 때도
산불이 났을 때 치마로 불똥을 털어내고
바다로 가는 길을 찾아
강가 모래밭을 걸었던 오랜 도피 생활 중에도
기억 속의 자유
망각의 심연에서 한순간 얼굴을 내비치는
아름다웠던 나날들

언젠가는 도착할 하늘 항구
언젠가는 돌아갈 은하가 흐르는 곳
당신을 만난 순간 이외는
날개옷을 손에서 놓은 적이 없었다
날개옷을 찾아다니느라
발바닥은 피투성이가 되었고,
후회와 분함으로
할복하려고
십자가에 매달리려고
기와와 자갈을 메고 언덕을 올랐다
정신을 차리니
도시의 빈터
높은 빌딩에 둘러싸인
한 줄기
햇빛을 보지 못하는 심해의 생물체처럼
튼튼한 외피도 없는 연체,
껍질 없음이 존재 의의
겨우 두 장의 작은 잎사귀
다시 실을 자아내 소생하는 천을
짜낼 수 있을까

백 년의 즐거움
천 년의 후회
만년의 보은

일억 년의 인내
날개옷 초암에서 실을 잣는다

한 줌의 흙에 들러붙어
몸을 숨길 수도 없고
태양열을 받아
햇볕에 시달리고
비바람을 맞으며
귀로에 오르는 일상을 살아가는
환상의 풀의 기도

TOKYO에서

그럼, 어디로 갈까요
집으로 가는 일정은
이미 정해졌지만
집으로 가는 길은 생각보다 멀고
종착점은 점점 더 멀어져 간다
더구나
지금 도착하면 안 된다는
메시지
음모가 숨어 있는 건 아닐까
그런 예감도 들었다
섬으로 잠복하는 자는 나날이 늘고 있다
한편에서는
낯선 이를 잡으려고
몰래 미디어를 총동원해
미리 그물을 쳐 놓았다
이교도의 수난절
바람 편에 들려오는
귀국을 위한 항해가 지연된다는 소식
테이프는 끊어졌다

꽃다발도 던져졌다
이별의 곡은
매우 좋아하는 쇼팽
브라스 밴드는 없었지만
낡은 그래머폰으로 분위기는 충분
이젠 되돌릴 수 없다
친구와 동료도 생겼지만
자유 기행도 옛이야기
전 세계적인 도핑의 꿈
우주 기록을 노리는 게임은
이제 포기할 때,
아무튼 6년이나 집을 떠나 있어
이제 슬슬 돌아가지 않으면
부모님도 돌아가시고
형제와 친구도 나이 들어 기억도 희미해지고
지인이 아무도 없게 된다
집을 새로 짓고
집을 지키던 사람은 어느새 세대주
처음엔 들르는 게 내키지 않았지만,
지금은 들를 데가 없어
시간이 남아돈다
귀국은 여행의 총결산
집을 떠난 원인과
그 정당성을

하나하나 확인해 두자
아니 관광여행이어도 좋았다
집을 떠나
놀아본 적이 없었으니
그래도 점점 지루해졌다

들르는 항구의
공해에도 익숙해졌고
항공기 납치도
5월 전쟁 전야도 보았다
성지에 들렀으니
어린 자녀들을 데리고
지뢰가 있는 길도 버스로 통과했다
오일 쇼크도
무농약 재배도
여자들의 회의도 알고
잡지도 출판했다
세계 평화도 이매진Imagine
아이도 5명
그런데 여기서 어디로 갈까
6년 전에 들렀던 이 항구에서
데모에도 참가했다
탈주병도 도와주었다
아사마산의 분화도 진정되고

친구의 장례식도 끝났다
상속권도 포기
이제 어디에 들를까
서울은 계엄령
베이징은 폭력단에 점령
포스트콜로니얼에 가도 괜찮겠지만,
옛 얼굴을 감춰 줄 가면을
아직 만들어 오지 않는다
기업 전선에는 무능한 방해자
초대장도 날아오지 않고
뒤쫓아오는 경찰차도 없이
제지한다
바위 위의 사이렌도 울리지 않는다
서둘러 달아난다

귀로의 여정은 왜 이리 길기만 할까
쳇바퀴 도는 항해
80일 만에 출발점으로 되돌아오는
단거리 부메랑
전리품 없이 빈손으로
출발점으로 되돌아온다
기록을 경신하는 속도로
귀로의 여정을 변경하는
또 하나의 귀환

흰고래도 곰도 참치도 잡았다
아마존의 거대한 물고기도
TOKYO에서
어디로 돌아갈까

TOKYO로

TOKYO로 돌아가는 길은
아우슈비츠 경유
2월의 바르사뱌엔 아이가 없다
아무도 피리를 불지 않는데
어디로 가 버렸나요
하늘거리는 눈송이뿐인
텅 빈 공항
달려들어 오는 여자들
안아 줍시다
동방에서 온 아이들
몇 살이에요
나는 이스라엘에서 왔고
요전에는 런던에서
그전에는 미국에서
그 이전에는
아아, 역시 동방에서 왔다

당신 이모부는
뉴욕 일번가에서

이상에 불타
이스라엘로 이주했다
당신 이모는
욤 키푸르를 함께 보내려고
이스라엘에서 돌아왔다
유대인 최초의 농경국에서
미국의 광활한 옥수수밭 위를 날아
멕시코의 예술가 콜로니로
그곳의 욤 키푸르도
역시 이스라엘에서 죽은
이모부와 단둘이서

이스라엘에서는 미노라를 사지 않았다
바르샤바의 오래된 호텔의 호화로운 레스토랑
그 샹들리에 아래서
몰래
메뉴 가운데 코셰르 음식을 찾는다

아이에게 종이 투구를 접어 주는
옆 테이블의 남자
엄마와 아빠의 관광 여행에 홀로 남겨질
내일을 위한 투구
아우슈비츠에는 데리고 가지 않는 게 좋겠죠
가두 아무것도 없어요

놀 것도
움직이는 것도
은제 미노라는 사지 않았다
예멘에서 몸을 구부리고 새겨넣은
값비싼 세계유산
인간 국보가 되지 않는
금속조각가의 마술 등불
TOKYO에는 등명이 있어서
아무 절에도
미노라를 놔둘 장소가 없어요

도쿄에도 사자死者가 기다리고 있다
과음한 동지
혁명과 시를 합치려고
환상적인 정경을 내달려온
나의 50년대의 동지
캐딜락을 타고 키스하러 와 주세요
남자의 이별 인사도
미노라와 어울리지 않는다

2월의 TOKYO에 눈이 내린다
혼고本郷는 히로시게広重 * 의 지붕
스가모巣鴨에는 선샤인이 가득
환한 빛으로 소멸한 기억

하늘까지 닿을 듯한 엄청난 가게
야스쿠니신사에는
멋진 등명이 켜져 있고
유골이 담긴 돌항아리는 홀로 단식한다
어린 장남이 양팔로 받아들자
쟁그랑 소리가 났다
뼈는 아직도 해저에서 단식한다
야스쿠니신사는 그 이후로 가지 않았다
당신 이모부와 이모도
아우슈비츠에는 가지 않는다고 했다
우리들
아우슈비츠에는
잠시 들렀을 뿐이에요
TOKYO도 마찬가지예요
서방西方에서 아이를 데리고
집으로 돌아가려는
일정 중의 하나

* 히로시게의 풍경화에 그려져 있는 지붕을 이미지화하여 표현했다. 우타가와 히로시게(歌川豊重, 1797-1858)는 일본의 풍경을 그린 에도 시대 말기의 우키요에의 대가로 본명은 안도 시게에몬(安藤重右衛門). 대표작 〈도카이도의 53경치〉를 비롯해 많은 작품들이 있다.(역자주)

레퀴엠
— 요시하라 사치코吉原幸子를 추모하며

킷짱, 하고 불렀다
여자의 욕망으로 새겨진
육체를 가진 남자

여자의 환희에 몸을 내던져
이젠 돌아올 수 없는
여자의 광기의 동행자
희생물이라는
공범자
대답 없는 킷짱
이 세상에 없는 킷짱을 찾아
이 여자 저 여자를 찾아 다닌다
벌인가요
이 상처는
죄인가요
이 갈증은

여자를 낳은 여자를 쫓아다닌다
핏방울 떨어지는 거세된 남근

다가오는 어머니의 뒷모습

어머니, 하고 외쳤다
나를 낳았으니
나를 데리고
지구 밖으로 나가려고
목적지에 도착하지 않는 길을 따라 걸었다
이쪽을 보세요
그 바보 같은 모습을 보여 주세요
감춰진 얼굴을 보고 싶어
가면의 가죽을 벗겨내려고 발버둥 쳤다
나의 소녀
나의 갈증은
어머니 것입니다

더는
질주하지 않는
신의 암사자
가마솥 같은 일몰이 손짓하는
깊고 어두운 바다
찾아 헤맸던 지옥의 광기
선잠에 취해
부르고 있다
이번에는 절대루
떨어지질 않길

경계선

— 나스 고이치那須弘一*를 추모하며

경계선이 어긋난
가늘고 선명한 한 줄의 선
장소를 벗어나
달린다
목적지는 아마
저 멀리 더는
교차할 수 없는
곳
그곳을 향한 명확한 의지
그러나
지금은 미세하게 벗어나
조금씩
어긋나 있다
이쪽 편은
색칠된 부분이
차지하고 있는
넓은 영역
그러나
단단한 한 줄의 선이

달려간 후
조금씩
그림자가 생기는
장소
이 선은
어디서 시작되었을까
다양한 색채 가운데
보이지 않는 기원
보이지 않던 자리
혹은 균열
혹은 원인
혹은 배신
저쪽 편으로 퍼져
점점 색을 띠어 가는
공간
아직 사람이 없는
아직 무의식 속의
기원
선의 바깥쪽은
공백인 줄
깊은 못인 줄 알았는데
거품처럼 흔들리는
무언가의 영역
그 베이지색

공간에서
갑자기 또 한 줄의 선이
내달리기 시작한다
무언가의 영역이
무너져 가는
소리가 들리지 않는가
느린 베이스 같은 음이
단단한 현의 울림으로 바뀌어
이윽고 저편으로
사라져 간다
아니
서로 어울리지도
반발하지도 않는
몇 개의 음이 교차해
이질적인 현이
미묘하게 어긋난
아득한 울림
유심히 바라보니
눈에 띄는 몇 군데의 영역
그 무언가에 점유된 곳
그러나
달리길 멈추지 않는 선
의식을 쪼개어 가는 선 뒤에
한없이 넓고 아득한

무색의 공간
몇 개로 나누어진
거품이 이는 기원의 장소
이쪽 편으로
겹쳐지는
불투명한 영역
선을 확인할 수 있을까
벼랑도 아닌 곳에
설 수 있을까
끊임없이 내달리는 선
무수히 증폭되는 경계
그러나
혼란치 않은
무채색의 영역과
다가갈 듯 말듯 미묘하게 어긋나는
담백한 색채
확실히 구분된
이쪽의 그림자
아무런 내세움도 없는
온통 회색투성이
공간
그 무언가의 그림자
혹은 무無로 표시된
그림자 공간

지금껏
차지해 온
내면의 장소
전부 평면으로 채워진
영역
끊임없이 내달리는 선
경계선을 가시적으로 드러내는 소리
넓어지는 공간
넓어지는 그림자
기분이 좋아서일까

* 나스 고이치(1947~2003): 일본에서 태어나 독일에서 활동한 화가.(저자 주)

수신처 없는 연시

— 기지마 하지메木島始* 씨를 추모하며

항상 난데없이 날아드는 한 장의 엽서
세상이 꽉 차있는 조그만 종잇조각
그곳에 가득한 말의 욕망
작은 방 안에서 세계를 사로잡은 에즈라 파운드
유폐되어 세계를 돌아다닌
당신의 만년은 어땠나요
세계 각지에서 온 친구들의 엽서
우주에서 온 메일
당신의 방은 말에 묻히고
당신의 뇌는 전파에 응답하고
계속 진동하며 지구를 여행하고 있었겠지요
젊은 날 사탕수수밭에 대한 동경이
당신이 번역한 책을 찾아
하버드대학 도서관으로 향하게 했다
1961년 8월
미국에서 맞은 최초의 여름
그 무렵 오직 하나뿐이던 흑인 대학
캠퍼스는 차분하고
책을 끼안은 학생들의 활기찬 웃음

나는 당신을 찾아다녔지만
발견한 것은
신시대의 열기
사탕수수밭은
기억 저편의 환상의 풍경

나의 60년대의 시작
사탕수수밭엔 백인이 없다
타르가 칠해져 매달려 있는
프리덤 라이더스**
나도 항상 백인 취급
화장실도 버스 좌석도
예일 도서관에서 만난
거트루드 스타인과 실비아 플래스
그 후에 알게 된 앤 색스턴
나무에 매달리지 않고
스스로 죽음을 택해 다른 사람에게 폐를 끼치지 않는 여자들
내 안에서 타오르기 시작하는 호박

당신의 60년대는 어땠나요?

20세기도 끝난 그 날
가을의 마지막을 고하며 최초로 잎을 떨구는

한 장의 낙엽처럼
갑자기 도착한 당신의 엽서
자살한 시인의 도시 보스턴의
기억을 흔적도 없이 지워 버린 흐릿한 밝음에
또 하나의 환상의 풍경을 찾았다
4행의 공백
4행의 막막함에
더욱더 공진하는 4행의 문장
당신과 나의 교신은 40년 전의 한 장의 엽서
한 번도 만난 적 없는 당신
사탕수수는 오키나와의 노래가 되어
한층 더 멀어진 환상의 풍경
21세기의 도쿄
당신은 옛 친구처럼
마치 환상의 풍경을 오래 공유해온 사람처럼
문장을 이어나갔다

나의 40년과 당신의 40년
기억이 없는 기억
당신은 많은 벗들과 교신하고
나도 그런대로 자살하지 않았다
40년 후의
4행의 이어짐
4행의 이별

오늘 날아든 건
당신의 부재를 고하는 엽서
병상에서 보낸 편지엔
이어지는 문장을 재촉했건만
어디로 보내면 도착할까
메일 주소는 우주.com
갑자기 모르는 사람에게서 날아든
4행의 이별의 말
4행의 마지막이 없는 말
행선지가 정해지지 않은 채

* 기지마 하지메(1928년~2004년): 시인, 영미문학자, 번역가, 동화작가(역자주)

** 프리덤 라이더스(Freedom Riders): 남부의 인종 분리 정책을 규탄하고자 마련된 버스 순례로 1961년 5월 4일, 흑인 7명과 백인 6명이 나눠 탄 두 대의 버스가 미국의 워싱턴을 출발해, 버지니아주, 미시시피주 등을 거쳐 루이지애나주에 도착하는 것이 목표였다. 백인우월주의자들은 참가자들을 폭행하고 버스를 불태웠고, 경찰을 불법이라며 참가자들을 구속했다. 미국 민권 운동의 분수령이 되었다.(역자주)

바닷가재 삶기

바닷가재를 삶는다
설날의 진수성찬
축하 향연의 주역
메인주의 심해에서 온 선물
발포 스티로폼 상자에 얼음을 채워
북극을 돌아 특별편
신년축하 제트기로 도착
집게를 벌리면
울트라맨도 감당하기 힘든
덩치 큰 바닷가재
북해의 괴물
대서양의 제왕
물은 끓어 올라
만반의 준비
던져진 주사위
장렬한 살육전
물에 잠긴 전쟁터
나무아미타불
강자들의 꿈 뒤에

최후가 다가오는
시작의
살생
반복되는
신년의 제물

2부

정원

정원사

— 정원1

오늘 아침도 남자는 정원을 쓸고 있다
대빗자루를 들고
낙엽을 긁어모아
땅에 희미한 비질 자국을 남기며
막혀 있는 이 조그만 땅을
정성스레 손질하고 있다

오늘 아침도 남자는 정원을 쓸고 있다
어제도 나뭇잎은 떨어졌다
이 정원에 심어져
이 정원에 쉴 새 없이 잎을 떨어뜨린다
나무들과 함께
남자는 시간을 쓸어 간다
팔랑팔랑 떨어진
하룻밤 새 지나간 것들
어느새 쓸어 모아
정결해져 가는
모든 것들
남자의 대빗자루는 쉴 틈이 없다

보고도 못 본척하고
무관심으로 지나쳐
머지않아 불시에
보복을 당하길 바라는 나는
정원사를 의지한다
정원사의 팔을 믿는다
증거를 지워 없애
흔적도 없이
처리하는
내 정원의 승려
정결하지 않을 때 만나
뒤처리를 도맡아 하는
장인의 솜씨
주위를 막고 막아도
어느새
숨어들어오는 담쟁이덩굴처럼
정원의 어둠 속에 매복해 있는 것들
아침이면 쓸어 모아
희미한 비질 자국으로 다듬어
하루를
전망 좋고
햇볕 잘 드는 장소로 만드는
정원 지킴이
봄에도 여름에도 잎은 자꾸 떨어지고

가을에도 겨울에도 잎은 계속 되살아나
정원사의 계절은 끝이 없다
흑의의 정원사
오늘 아침도 정원을 쓸고 있다

야만바*의 꿈

— 정원2

둘러싸인 정원에
새가 지저귀고
나비는 꽃 사이를 날아다닌다
나는
세상은 아무 일 없다며
옛 시인처럼
읊조린다

줄무늬 물푸레나무는
높은 담장 위로 가지와 잎을 뻗치고
목향장미는
울타리 틈새를 뒤덮었다

이곳은 작은 파라다이스
가시를 헤치고 들어올 자
아무도 없을 테니
낮잠이라도 자자

깨끗이 쓸어 청결해진 햇빛 내리쬐는

안전한 장소
한쪽 구석에 있는 우물 뚜껑을 덮고
겨우 도착한 이곳
물이 없는 강가 모래밭을 줄곧 걸으며
몰래 표시해 두려고
기억을 찢어 버리면서 왔지만

살인 청부업자도 왕자도 들어오지 않는
삼라만상의 미니어처
이 작은 공간의 주인은 바로 나
저쪽의 물소리에 귀 기울이지 않고
영원한 오후인 지금을
지배한다

팔의 화상 자국을 드러내 놓고
낮잠 자는 여자
아이들을 노리는 적을 주시하며 살아온 강변 생활
날개옷의 행방을 쫓으려
거기에 서식하는 뱀을 먹으며 굶주림을 견딘
바닷가 텐트 야영
귓속 음은
상공의 바람과 어울려
꿈의 액자를 빠져나온 산맥을 돌아다닌다
덩치 큰 여자는 몸을 푼 뒤

해 질 녘의 지평선처럼 시차선 위에
하염없이
누워 있다

기억의 부스러기를 전부 쪼아먹은 까마귀
말라 버린 우물
낮잠에서 깨어나면
다시 한 번 정원을 쓸자
오늘은
저녁놀을 볼 수 없으니
일찍 문을 닫아야겠다

* 야만바: 깊은 산 속에 산다는 마귀 할멈.(역자주)

송사리

— 정원3

큰비가 내린 뒤
쓰쿠바이*의 송사리가 없어졌다
이전의 주인한테서
정원과 같이 넘겨받은 쓰쿠바이
송사리를 키우기엔 너무 우아한 그릇
검어서 눈에 띄지 않는
나이가 꽤 많은 송사리
새들의 먹이나
고양이 장난감이 될 일도 없고
서로 잡아먹지도 않는
마지막 거처인 쓰쿠바이
매일 먹이를 챙겨주지도
거의 신경 써주지도 않고
거의 잊혔는데
잘 지냈을까

오렌지색을 띤
송사리를 새로 샀다
먹이를 뿌리니

무리를 제치고
수면 위로 힘차게 뛰어오르는
정원의 쓰쿠바이에는 어울리지 않는 녀석
조그만 우주에
엄청난 식욕
손 씻는 물로 정화하기에는
너무 큰 야망
공격해 오는 적은 없을까
죽일 상대는 없을까

쓰쿠바이의 물이 탁해져 바닥이 안 보이고
수초가 줄기를 뻗어 주변이 어두침침해도
자유를 포기하지 않은
오렌지색의 이 녀석은 활기차게 돌아다닌다
적으로부터 몸을 숨길 요새도 생겼고
더는 하늘이 보이지 않는데
무슨 야망이 있단 말인가

어느 날 송사리 가게에서 걸려온 전화
송사리가 늘었냐는 소리에
오렌지색 녀석의 꿈을 알아챘다
그 이후
탁한 물을 갈아주는 일도
장소를 독점하는 수초 손질도

하루걸러 주는 먹이도
나의 책임
나의 부담
송사리와 같은 하찮은 것에
관여하는 게 아니었는데

쓰쿠바이의 안쪽에
가는 털 같은 수초가 자라
눈에 보이지 않는 알이 연결되어 있어
보호해야 했다
수많은 세균으로부터
흘려보내고 밀어내려고 하는
내부의 물결로부터
정원보다 훨씬 작은 우주에서
울려 퍼지는 천둥소리
떨어져 내리는 운석
눈에 보이지 않는 것
투명한 것으로부터

이윽고 꿈틀거리며
껍질을 벗기고
그릇을 삐져나와
밖으로 밖으로
지금껏 가보지 못한

머나먼 곳으로
날아갈 것들을
비 오는 날
먹이를 주러 가니
오렌지색 송사리는 없었다

오랜만에 들린
송사리 가게의
눈에 띄는 검은색 송사리 무리
지난번 송사리들처럼
느긋한
되살아온
검은색 송사리들
늙지도
죽지도 않고
때가 되어
흘러넘치던 생명
그리고 또
때가 되자
나타난 검은색 송사리들

늘 제멋대로
나의 비호를 무시하는
송사리는

나의 밖에 있는 생명
이제 다시는
나의 정원 풍경을
되돌려 줄 순 없다

* 쓰쿠바이: 절이나 정원, 다실 입구에 손을 씻을 수 있게 만들어 놓은 곳.
(역자주)

고향 방문

— 정원4

모두가
돌아오는
이 정원
여기는 대영박물관도
메트로폴리탄 박물관도
위인들이 잠든 묘지도
세계사 문서보관소도 아니다
숲이라기엔 나무가 많지 않고
들판이라기엔 너무 좁은
그냥 손바닥만 한
아담한 정원
황매화나무와 싸리는 작은 꽃을 피우지만
튤립도 아메리칸 장미도
모란과 작약도
벚꽃과 매화도
소나무도 대나무도 없다
다만 여덟 그루의 양물푸레나무뿐
화려하지 않은
아담한 후원

모두가 돌아온다
희미해진 기억
잊어버린 장면
버려버린 시의 조각
찢어버린 편지
불태운 일기
흔적 없이
지나간 시간
백지의 과거
한없이 푸른 액자 속의 하늘이
춤을 추며 내려온다
양물푸레나무 낙엽 속에 섞여 앉으면
모두의 얼굴이 보인다
쉴 새 없이
돌아온다
–세상을 떠난 그리운 이들
–사라져 버린 그리운 이들 모두

모두가 돌아온다
욤키퍼의 참회
말하지 않은 이야기
완고하지 않은 상냥한 태도
마냥 끌어안고 싶었던 자그만 몸

손을 잡고 나를 배웅하는
어린아이들
귀로에 오르는 나를 향해
한 줄로 서서 손을 흔들고 있는 형제자매들
되돌아갈 수 없는
어린 시절

어딘가에 드러누운 어머니의 잠든 얼굴
시작에 머문 잠든 얼굴
끝이 없는 시작의
숨소리
잘 들리지 않는 귀에 흐르는 물소리는
어머니가 있는 반딧불 연못이라고
옛날 꿈에서 깨어나 읽었던 하이쿠에 써 있었다
지금은 아무 말도 없이
드러누워 있는
시작의 환상적인 정경
모두가 돌아온다
잊어버린 부모님의 인생
듣지 않았던 조부모의 이야기
기록에 없는 계보
말하지 않은 이야기
모르는 사건
함께 할 수 없는 손자들의 미래

우주의 끝에서
고향 방문
모두 시작으로 돌아온다
여기는 아담한 후원
눈에 띄지 않는
시작의 정원

물푸레나무Ash trees
— 정원5

늘 잎을 떨구고 있는 물푸레나무
흰 꽃을 가득 달고 있을 때도
새순이 돋아날 때도
주변의 나무들이 새빨갛게 물들고
마침내 잎을 다 떨구어도
물푸레나무는
튼튼한 생가지를 뻗은 나무들 사이에서
시퍼렇게 펼친 무성한 잎을
늘 그랬듯이 한 잎 또 한 잎 연신 떨어뜨리고 있다

물푸레나뭇잎은 떨어지는 소리가 들리지 않아
감상할 것도
감동할 것도 없는
매일 매시간 매초의 행위

찬바람이 불 무렵이면
낙엽 떨어지는 소리를 들으러 산으로 갔다
쏴쏴, 강한 비바람이 몰아쳐
쏴쏴, 어딘가로 갈 때

나는 소리

가지와 잎을 뻗은 물푸레나무는
언제나 바람에 살랑거리며
묵묵히 나뭇잎을 떨구고 있다

아침, 낙엽을 쓸며
안녕하고 인사한다
물푸레나무 낙엽에게 건네는
이별의 말은
언제나 안녕
마치 어제도 만났던 것처럼
내일도 만날 것처럼

물푸레나무 가지를 자른단다
그러지 마세요
스스로 손질할 수 있어요
나날의 일상 속에서
아무렇지도 않은 듯 반복하는 이별
항상 떨어지고 나서 알게 되니,
내 일상 가운데
청정의 시간을 갖게 한다

이 정원이 없어질 때

풀무레나무도 분명 재가 되리라
그때까지 함께 있어요
매일 아침
이별의 인사를 나누며

자양화

— 정원6

장마전선에 이상이 생겨
파란 하늘 아래 자양화가 피어 있다
내리쬐는 햇살 속에서
색깔을 바꿀 틈도 없고
변신할 여유도 없어
축제를 빛내지도 않고
일직선으로 활짝 피었다

서두르지 마
서두르지 마
그래도 자양화는 꽃
서둘러도 서두르지 않아도
올해는 끝

3부

타오르는 호박

타오르는 호박

1

옛날, 호수였단다

네브래스카의 초원에서 주운 돌

올해 미시시피 강의 범람 후

노출된 무수한 돌들

드러난 영혼

줄거리는 벌써 소멸하고

은유마저 지나가는 바람에 날아가 버렸다

몇 만 년 숨기에 좋은 곳이었는데

올 11월

옥수수를 베어내어

스티븐 킹의

아이들조차

비밀모의를 위해

모일 일도 없고

몸을 숨긴다는 이야기도 없는

이 부근

난 어찌할 수 없어

오늘도 후원에서 돌을 쌓는 당신에게

돌을 갖다 주러 간다
언젠가 바람 속에서
이 돌의 이야기를 귀담아듣고
땅속으로 돌려줄지도 모른다

2
체호프를 읽고 있다는 소식을 듣고
톨레도에 왔습니다
수백 년 잠들어 있던 도시에
토산물 가게가 늘어서 있다
옛날 토레도에서 온 남자 아미루카와
미국의 대학에서 알게 되었다
돈 벌러 간 독일에서
토산물을 팔고 있는 어머니께 매주 편지를 보냈지만
어머니로부터는 한 통의 답장도 오지 않았다고 했다
언덕 밑에 사는 어머니는
언덕 위의 교회 앞까지
토산품을 지고 돌층계를 오른다고 했다
그리스에서 온 남자
엘 그레코는
유대인이어서
언덕 밑에 살았다
문양을 새겨넣는 일을 하는 아랍인은
언덕 중간쯤 살았다

산꼭대기의 고딕 성당 앞에
지금 움직이고 있는 건 관광객뿐
옛날 전 세계에서 보물을 보내온 도시
아미루카는 도시를 떠나버렸지만
학자와 화가가 건축가와 건구상이
그리고 장식 기술자가
세 개의 강을 건너 세상 끝에서 왔다
소멸하지 않았기에
버림받은 도시
시간 속에 줄곧 몸을 드러내야 하는 도시
관람료 3천 페세타의 보물
하늘을 향한 첨탑은
마드리드의 사무실 빌딩보다
훨씬 높고
관광도 올림픽이 최전성기
실업률 22%의
후유증
이야기는 끝
스페인은 유럽의 벽지라며
이민자 없는 중세의 도시
콜럼버스는 금을 가지고 돌아왔지만,
아미루카는 미국에서 무엇을 발견했을까
프랑스의 파리를 싫어해
식용 달팽이를 절대 먹지 않았던 남자

돌 언덕길에서 다리를 다친 어머니께
뉴헤이번에서도 계속 편지를 보냈다는 아미루카
돌 위에 돌로 교회를 세운 건 베드로였던가
혼합물을 넣지 않아 교회 안은 순금
금도금이 된 기념품을 파는 어머니에게
죽지 않는 돌의 도시의 돌로 지어진 집으로
오늘도 세계 어딘가에서 편지를 보내올지
아니면 어머니는 이미 세상을 떠나버렸을지
가시를 헤치고
잠에서 깨워 줄 남자는 오지 않았는지
이 도시의 우체통에 넣은 편지는 없었고
아미루카는 돌아오지 않고
통신은 끊어진 채
무대장치만 남은 드라마
안녕 아미루카
이젠 토레도에는 안 올 거예요

3
히라바야시 다이코는
하야시 후미코가 중국 옷을 입고 파리에 간다며
들떠있었다고 했다
오카모토 가노코는 금실 무늬 비단 띠를 매지 않고
아르누보 스타일의 드레스 차림
당신은 어떤 모습으로 갔는지요

하야시 후미코는 남자를 쫓아 파리로 갔고
오카모토 가노코는 남편과 두 명의 애인과 아들을 따라갔단다
후미코가 쫓아간 남자는
후미코에게 주전자를 집어 던졌고
그 남자는 그 후 목사가 되어
구주쿠리 해변 교회에 부임했다
가노코를 파리에 데리고 간 남자들은
가노코의 문학 수업을 위해
유람 경비를 마련하고 정보도 수집했다
후미코는 소설을 써서 도항비를 벌고
가노코는 일본문학은 돈을 들여야 한다며
남편이 만화로 번 수입을 열심히 낭비했다
후미코는 자신을 불결하게 여기는 남자가
때때로 끓는 물을 뒤집어씌워
헌신적인 남편을 내버려두고 가끔
여행을 했다
가노코는 자신을 미의 여신으로 추켜세우는
헌신적인 남편이 그녀를 붙잡아두려고
젊은 애인을 구해 주고
도망가지 못하게 하려고
여행을 데리고 나간 것이다
남자가 후미코에게 치른 돈은 오십 전
온갖 욕지거리와 폭로의 추도문

장례가 끝나자
후미코를 용서해 달라며
장례위원장마저도 사죄했다
가노코의 광기의 치료비는
남자들이 지불했고
그녀의 시신을 곱게 화장하고 꽃으로 꾸며
땅속 깊이 묻었다
후미코는 화장을 지우고
민낯으로 시에서 소설로 옮겨갔다
가노코는 화장한 가면을 쓰고
이야기라는 타향으로 경계를 넘어갔다
후미코는 더욱더 알몸이 될 자료를 찾아
가노코는 이야기가 되려고
한 명은 기차로
한 명은 배로
정성 들여 화장한 육체의 그릇에
가두어 빚어내는
가노코의 광기
이윽고 여자의 배를 찢고 나타나는
에일리언
이야기의 시공을 초월해 흐르는
눈도 코도 입도 없는
괴이한 생명
소설가가 된다는 건

타인에게 알을 낳는 것
자신으로부터의 도주와
자신에로의 도주의 여행
후미코는 거짓으로 나체를 그렸다
진한 화장을 한 가노코는 나체가 되고 싶다며
노상에서 속옷까지 벗으려고 했다
남자를 쫓아가 남자에게 쫓기고
남자를 사로잡고 남자에게 붙잡힌
여자들
남자는 무슨 양식이었던가
후미코도 가노코도
남자를 그다지 사랑하지 않은 것 같다
남자에게 앙갚음하려 했는데
남자는 오히려 잘 되었다
토해낸 끈적이는 실로 남자를 포박해
생피를 빨아먹은 건 누구였나
서바이벌은 멸망의 길
멸망이 치료
주체할 수 없는 광기
꼬리표를 붙여 보내온 정체불명의 짐
멸망의 혈통
싸구려 여인숙도 강가 저택도
표현이라는 치료의 프로세스
시에서 소설로

노래에서 이야기로
이야기에서 이야기가 아닌 것으로
여자 주인공에서 남자 주인공으로
광기에서 표현으로
자기로부터 불멸로
일상생활로 돌아간 남자들
어쩌면 한 번도 거기서 떠나지 않았는지 모른다
꿈을 꾼 것은 누구였고
악몽에서 깨어나려 애쓴 것은 누구였나—
원하던 대로
이야기 속에 밀폐된 광기
이야기 속에 자결한
M
남은 건 이상한 작품 세계라며
둥글게 부풀어 오른 구체
아름답게 꾸며진 알 껍질
야릇한 색채의 껍질
빛을 더할수록
알맹이는 비어간다, 고
당신은 말했다
생명을 빨아들여 완성해 가는
에드거 앨런 포의 타원형 초상화
공백의 균형으로 유지하는
껍질 세계

그래도
욕망이 사라지지 않은 사이에 죽은
후미코와 가노코는 행복했다
어쩜 사라지려는 욕망을 좇아
파리에 갔던 걸까
50세의 이야기
60세의 이야기는, 파리가 필요하지 않다
당신은
파리는 불결했다고 했다
20세기의 마지막
여자들은 도시보다 자연을
남자보다 동물을
자신인 듯하면서 자신이 아닌 육체로부터
바람을 타고 돌아오는 태고의 욕망을 동경한다
알래스카에서
홀로 오랜 명상의 시간을 보내고 돌아온 당신의
이야기 이전의 이야기
여자이기 이전 여자의 이야기를
오늘 밤 무심코 읽고 있다
당신이 브리지 게임을 하는 동안
더미 패로에 얼이 빠져 있는 동안

4
눈 속을 달리는 메시지

헉헉거리는
당신의 가쁜 숨이
문자가 된다
올해
보스턴은 대설
네브라스카는 웬일로 눈이 오지 않는다
시간을 옆으로 밀어내며
천공을 달려 빠져나가는 전파 메시지
옛날
남캘리포니아의 사막 도시
리버사이드에 눈이 왔던 날
소피는 크라쿠프가 생각난다며
몸서리쳤다
폴란드에서 온 베이비시터
대학교수 딸이어서
유대인과 같이 수용소에 갇혔다
살아남은 한 명은
알래스카로
또 한 명은 리버사이드로
목숨을 잃은 80만 명은 어디로 갔을까
소피에게
다쿠로는 탁린카
아키라는 알료샤
다미코는 다샤

유키오는 유키노비치
세이지는 세이지
현인 세이지
사막의 허브가 된다
큰아버지 병간호 하러 미국에 가서
큰아버지를 사랑하게 된 소피
질투한 질녀에게
옷을 갈가리 찢기며
소피가 선택한 것은 무엇일까
소피에게서 보물을 샀다
붉은 호박 목걸이
목각 성인상
자수가 놓인 가죽구두
소피는 감자를 삶고
나는 밥을 지어
둘이서 마주앉은
부엌에서의 점심
크라쿠프도 도쿄도 아닌
여기는 어디인가요
시간이 되자 소피는 돌아갔다
그릇은 씻겨 있고
빨래는 개켜져 있고
탁린카는 잠들었다
소피의 보물이 있는 동안

집 안은 정리정돈
혼고의 어질러진 서재에서
오늘은 소피에게서 팩스가 올까 하고
호박 목걸이를 걸었다
눈 속의 호박 불구슬
불길을 끌어당기면
소피와 함께했던 때가 돌아오지 않을까
눈 속에서 잠들어 있는 사람에게
당신은 어떻게 메시지를 보내나요

5

소피는 죽을 때는 폴란드로 돌아갈 거라고 했지만, 소피의 자식들도 모두 크라쿠프를 떠나 뿔뿔이 흩어져 있고 그중 한 명은 바르셀로나에 살고 있다고 한다. 작년에 바르셀로나를 안내해 준 사람은 친구인 루바스키 씨였다

그리스도를 닮은 수염을 붙인
고도古都의 물길 안내인
당신의 가족은
폴란드에서 왔나요
도쿄에서
바르셀로나를 방황하는
도시의 나그네
목하 방랑 중

물 위를 걷듯
시간 위를 걸으며
고도를 찾아간다
지중해의 외곽 도시
아직도 짓고 있는 교회
임시 거처에서
아직 돌아오지 않은 성가족은
어디로 갔을까
탄생의 문을 만든 아티스트는
축제에 온 사람들을 태운
꽃으로 장식된 전철에 치여
이미 세상을 떠나버렸다
무無를 표현하는 일에 골몰해
경적 소리를 듣지 못한 아티스트
그는 비시간적인 장식에
넋을 잃었던가
탄생의 문을 지나니
안은 텅 비어 있고
천정은 공허한 푸른 하늘
어쩔 수 없어
매장埋葬의 문을 만들어
소리 없이 우는 사람들
성가족은 집을 비우고
현재 방랑 중

시작이 있으니
끝이 있다
열어보지 않은 생일선물
안에 뭐가 들어 있는지
스토리를 잊어버렸다
교회가 완성되길
고대하는 바르셀로나 사람들
도와주러 온 일본 사람
부재중인 성가족
텅 빔의 미학
미완성의 축전에 대한
논문을 쓰고 있는 통역사
기념품 가게로 안내하는 루바스키 씨
텅 빔의 스토리는 배달되지 않으니
도쿄에서 기다리고 있는 사람들에게
무슨 선물을 살까
가탈로니아어 입장권을 들고
텅 빈 공동을 걸어
매장의 문을 나오니
바다가 보였다
지중해 바닷물에 손을 담그려
루바스키 씨와 함께 내달렸던 그 날 밤
옆에서 달리던 또 한 사람은 누구였을까
어둠 속

등 뒤에 서 있던
군인 출신의 사무국장
몸을 구부려
바닷속의 해초를 만지려는 나를
부동자세로 지켜본다
폭풍우는 휘몰아치지 않았고
마술피리 소리도 나지 않았다
차 안에서 기다리던 사람은 누구인가
검은 망토를 입고
기다리고 있는 노모와 어린 아내
당신은 부활도 인도하는가요
선물은 무엇이었나요
여행 기념품은?
텅 빈 보따리
완성되기 전에
소실된 오페라하우스
박수 소리가 들리지 않는
박수 없는 축하식
아이들은 어디로 갔을까
성가족은 아직도 돌아오지 않았고
우리는
텅 빈 공동을 빠져나갔다
그리스도는 부활해
여기까지 오나요

지중해를 건너
고도를 걸어가는
내세의 안내인
우리는
기다리지 않고 돌아간다

6
옛날
봄이 다 끝난 줄 알았는데
그건 거짓말이었다
4월은 잔인한 계절이라는 시에
속았을 뿐
봄이 오지 않는 일은 없다
4월은 거짓말을 하는 달
무수한 생명이
속는 날
　우리 가족도 4월 태생이 많아요
　라토가스에서 만난 것도 4월이었죠
분명 거짓말은 아니었지만
거짓말인 것 같다고 한 날
히아신스 꽃밭은 아니었고
무늬천남성 꽃도 피지 않았다
특별히 별다른 것이 없는 대학가
속았다고 생각하고 와 달라는

쟈넷과 폴의 갑작스런 편지
찾아오는 여자들
일을 꾸민 건 누구인가
옛날에 사귀던 여자가 있었다며
대수롭지 않게 말하는 당신
그러나 지금은 여자들이 있다
뇌우가 몰아칠 조짐이 보이지 않는
4월의 라토가스
지금의 여자는
옛날 여자와 뭐가 다른가요
생식을 하지 못하게 하는 테크놀로지
생식을 하게 하는 테크놀로지
살아남은 배후의 학회
여자들의 정보 교환
출산하는 여자들
출산은 속이는 것인가
속는 것인가
당신 대신 나아 줄 테니
아버지는 낳은 후 정하자며
황매화나무 마을에서 속삭였다
옛날과 지금
여자들의 해체 이야기
또는, 이야기 이전의 이야기
서로 포옹한 뒤 헤어진 여자들

안녕
다음 봄까지
다음 부활 때까지
이다음엔 도쿄에서
뒤돌아보지 않는 여자들
봄은 반드시 돌아온다며
흩어져 가는 여자들
또 속일 때까지
또 속을 때까지
낳고 속이고
낳지 않고 속인다
여자들의 유월절
당신은 옆 사람과
어디에 갔었나요
혹시 파란 도깨비불에 이끌려 갔나요-
나는
4월에 태어난 딸을 만나러 갔어요
그날 아침 뉴욕행 전철은
누군가의 변덕인지 기다려도 오지 않았다
혹시 시각표가 거짓말을?
취소된 시간
기다림에 지친 황혼녘
큼직한 보따리를 안고
모세라도 기다릴 심산

속고 있다는 걸
모르는 척하려면
생일 선물을 보내야 한다
올해도 또
지나가기 위해

7

당신한테서 연락이 없어서, 지난 편지에 이어서 씁니다. 라토가스에서 헤어진 이후, 예일대학에 갔습니다. 제가 있을 때는 없었던, 대리석으로 지은 귀중본도서관이 어느 사이엔가 들어서 있었습니다. 그림엽서를 보냈는데 받았는지요? 보낸 지 일 년이나 지나고 나서 그때 쓴 엽서가 도착했다, 고 하는 사람이 있습니다.

여기는 그냥 광장이었다
주위는 그레코로만 양식의 건물
물론 모조품이지만,
식당으로 사용되고 있는
이 건물은 언제 지어졌을까
완고한 스핑크스처럼
나그네에게는 마음을 열지 않는
흰 돌 상자
조각처럼
그곳에 놓여 있다

내버려진 돌처럼 팽개친 것도 아니고
낙하한 운석처럼 대지에 박혀 있지도 않다
사람의 손이 간 흔적이 보이지만,
용도불명
창문도 없고
입구도 출구도 확실치 않고
무덤처럼 많이 모여 있다
어쩌면 이미 전부 도둑맞은 흔적일까
시간으로부터 차단된 내부에는
돌을 통해 변질한 빛이 가득 찬
석관 속의 수지
줄무늬 모양의 화석의 광택
그 안에 박혀 있는 귀중본 서가
지하에서 하늘을 향해 이어진 유리 각기둥
병 속의 귀중한 MS
종 모양의 유리그릇 안에 봉함된
둘도 없는 희귀한 메시지
유일한 잔존물
너무나 진귀해
정신병동에 보존
이곳에 들어가는 건 쉽지 않아
소지품을 맡기고
손을 씻고
껌을 씹어도 안 되고

욕망을 버려야 하고
유기물은 엄금
들어가면 그것으로 끝
평생을 그곳에서
죽어서도 그곳에서
공기 조절이 잘 되어 있는 유리의 성
덜 익은 날말은 덜 익은 대로
웰던의 작품은 퍼석퍼석한 대로
완전보존
덮어야 할 화산재도 없고
백 년 이상 불면증
연이어 드러나는 비밀 메시지
냉동 보존된 광인의 예언
읽을 수 없는 귀중한 말
시간을 밀어낸 걸까
아니면
시간이 보호하고 있는 걸까
혹은 배제된 것들의
존재증명
처형 없는 효수
스포트라이트를 받으며 전시되고
정성 들여 카탈로그로 만들어
늘 그 자리에 있다
너무 귀중해서

아무도 손대지 않는
불용품
복제품이 나돌아 손때투성이
나는 요리를 좋아해 안에 들어가지 않고,
들어가 있지 않은 책을 읽는다
때에 맞는 소모품
덜 익지도 많이 익지도 않아서
병조림은 만들 수 없는 작품
먹으면서 1년 후에 도착할
편지를 쓴다
우표가 붙은 엽서가 끼워져 있는 책
그 일 년 사이에
저자는 세상을 떠나버렸다
유리로 된 불야성이 아닌
천 년의 즐거움을 찾아
골목길로 돌아가려고
서둘러 병원을 빠져나와
떠나버렸다
노벨상도
조용한 생활도 필요 없고
소설도 끝
나는 그 전에 읽었고
엽서를 발견한 사람은
그 후에 읽었다

엽서를 받은 사람은 언제 읽을까
책 속에서 나온 메시지
사후 도착할 연락 메모
누구의 메시지인가
자크 데리다처럼
언제나 이후에 도착하는 포스트 카드
일 년간 책 속에서
죽어 있던
살아 있던
메시지
공기조절이 잘 된 시체보관소에
늦게 도착한 통지
모든 것이 끝난 후 도착하는 메시지
카드를 받으면 어찌하나요
이후에 도착한 메시지를 어떻게 할지
당신이 보낸 편지는 언제 도착하는지
아직 쓰지 않았거나
어쩌면
어딘가에 들르고 있을 편지
귀중본도서관에 들어가지 않은 말은
때와 장소를 불고 가는 바람에 실려
어느 날 배달된다
파티에는 늦었지만
예기치 못한 선물

8
보스톤은 자살한 시인들의 도시
그러나 이 6월
도시는 한 장의 유리처럼 빛나고
기억은 어디에도 없다

9
옛날
캘리포니아의 사막을 걷고 있을 때
신선이 사는 별에서 온 남자를 만났다
지평선 저쪽에서 걸어왔다
그 이후 우리는
여행 길동무
동전을 던져 떨어진 방향으로
같이 걸어갔다
타이의 사막을 걸어가니
앉아 있는 부처를 만났다
아무 말도 없어
아무것도 묻지 않아서
셋이서 낮잠을 잤다
수코타이의 모래땅에
서식하는 개미와 독사는
이리저리 바삐 움직이더니

교활하게 먹이를 노리고
부처보다 먼저 가버렸다
용케 피한 우리도
바로 갈 거예요
낮잠에서 깨어난
부처는 말이 없고
사막을 계속해서 걷다가
만난 관광안내인
일자리가 없다길래
화폐와 교환하기로 하고
안내를 부탁했다
어디로 데려가 줄 건가요
그의 이름은 나니라고 했다

부처에 대해선 아주 오래 전 금박이 벗겨진 것 이외에는
아무것도 몰라요
항상 그곳에 앉아 있어요

아무런 설명도 않는 나니씨
작은 토지를 샀다는 나니씨
일본 공업단지건설예정지 옆
나니씨의 꿈은 무얼까
주변 일대가 사막인 곳
폐허가 된 사막과
언젠가 폐허가 될 사막

폐허에도 살아있는 게 있고
폐허를 보러 오는 이도 있다
폐허 안내인
영원한 폐허
철거도 재건도 못하고
부처는 움직이지 않는다
금박 다음에 뭐가 벗겨질까
부처는 웃고 있다
부처는 자고 있다
부처가 듣는 바람 소리를
우리도 들었을까
부처 그럼 안녕히
우린 먼저 갑니다
강으로 내려오니
화폐와 교환하러
바구니에 든 메기를 팔러 온 사람
메기는 흐린 물속으로
내 영혼은 어디로?
탁한 강에 살고 있는
많은 생물들
우리는 물가의 나무에 열려 있는 과일을
따먹었다
달콤했지만 손에 냄새가 뱄다
여기가 극락인가

강을 따라 내려가니
강 입구가 나왔다
혼자 풀을 베고 있는 남자
손발이 저리면
봄입니다
시라누이해不知火海는 안개
환상의 해저에 메기들이 몰려온다
두통이 조금씩 밀려오면
여름
미나마타병 인정 신청을 취소한
단 한 명의 남자
자기 나름대로 내린 결말
누구의 것도 아닌
자신의 삶이 된 미나마타병
우리는
텔레비전에서 남자가 일하는 모습을 보고 있다
이명이 시작되면
가을
눈이 흐려지기 시작하면
드디어 긴 낮잠 시간
저 멀리 바다를 바라보며
앉아 있는 남자
우리가 지평선을 향해 걸음을 옮길 때까지
남자는 빈 바구니를 옆에 두고

아무것도 지니지 않은 채
자고 있다
우린 먼저 갑니다

10
어느 날 황혼 무렵
이브라함은
리버사이드에 나타났다

로스앤젤레스에서 동쪽으로
떨어져 가는 석양을 등지고
사막 저편의 어둠을 향해
강변까지 온 것이었다
돌아다보니
석양 아래 하이웨이는
빨간 띠처럼 바다까지 이어져 있었다고
이브라함이 말했다
아무도 오지 않는 졸업식
유학하고 있는 대학에서
이브라함은 혼자였다
나는 내륙으로 여행을 떠나
미국의 사막을 헤매다
한발 먼저 강변에 도착했다
이브라함은 사마리아로 돌아가

15년을 혁명에 참가하고
1978년
가족을 거느리고 가까스로 강변에 도착했다
아내 아미나와 세 명의 아이들
남동생과 여동생 세 명의 질녀와 조카
문 입구에 서 있는 이브라함
가족을 거느린 망명자
대학 때처럼
이브라함은 마르고 키가 크고
그리고 아무것도 지니고 있지 않다
많은 가족 이외에는

여기는 물 없는 강 부근이어서
아이들의 다리를 씻어 줄 수 없었다
사마리아의 가족은 맨발로 집에 들어가
일본인인 나처럼
맨발로 집 안을 걸어 다니며
정원에 모포를 펼쳐 야영했다
지진아인 장녀 루울은
말없이 빰을 두드리고 있다
건조한 공기가
사마리아의 초원 같다는 뜻이라며
아미나가 통역해 주었다
우리들은 누워 하늘을 바라보면서

빰을 두드렸다
그 해 내내 아이들은 정원에서 잤다
봄, 유목의 민족 이브라함은 가족을 데리고
강변을 떠났다
물 없는 강 부근
저녁놀을 바라보니
루울의 빰 두드리는 소리가 들렸다

당신을 만난 것도 강변이었다
어느 날
어딘가로 가는 길에 강변에 들러
또 어딘가로 돌아갔다
나도 여행 도중이었던 것 같다
가족을 데리고
강변까지 왔다
모하비 사막을 지나
바다까지 앞으로 삼백 마일
배드랜드가 거의 끝나는 지점
물 없는 강이 흐르고 있다
거기서부터는
로스앤젤레스를 넘어
바다까지 이어진다
인도로 향하는 길
하이웨이는 항상 여류하고 있었다

백미러 속에서 사라지는 저녁놀
멀어지는 도시의 네온사인
사막의 침묵에 도달한다
A Song of myself
물 없는 강가 모래밭에서
여러 해
아이들과 야영했다
히비스커스꽃이 피는 이국의 이야기
이야기 속에서
물 없는 강은 도도하게 흘렀던가
이야기 속에는
빨간색 히비스커스꽃이
항상 피어 있다

그로부터 15년
나는 먼저 혼고로 망명해
기다리고 있고
베란다에는 젤라늄이 피어 있다
빰을 두드리면
희미한 소리가 들리지만
이브라함은 아직 나타나지 않는다
가족을 데리고
어디를 방황하고 있는 걸까

11

옛날
진홍색 증표를 가슴에 달고
살아남은 여자가 있었다
유혹한 남자에게
상처를 받고
뉴잉글랜드의 숲 속에서
진주를 키웠다

검은 피부를 얼굴에 덮어씌워
살아남은 여자가 있었다
폭력을 휘두르는 남자 사이에서 태어난
하얀 피부를 가진 딸을 죽이고
목소리를 증표로
사랑하는 사람의 이야기를 했다

내가 좋아하는 이야기 가운데
여자들은 항상 상처를 입고
항상 살아남는다
여자의 상처는 마귀를 쫓아내는 주문
상처가 클수록 효과가 있고
상처가 깊을수록 안전하다

옛날

증표 클럽을 경영하는 시인이 있었다
자살에는 달인
입회를 원하며 찾아오는 여자들
증표 있는 여자를 찾는 남자들
면접하는 시인
　Are you our sort of a person?
　당신도 우리와 같은 종류인가
　틀니는? 성형수술 흔적은?
어릴 적 바늘을 밟아 수술한 적이 있는
내게도 흔적이 있다
상처에 대한 아픈 기억
발바닥의 꿰맨 자국
찾지 못한 바늘은
몸속에서
가끔씩 반짝이며
심장을 향해 움직이고 있는 걸까
언젠가 다다를 수 있을 거라며

나의 환영을 빠져나가는
하얀 나체의 시인
머리카락을 휘날리며 히스 언덕을 달려 올라가
펄펄 끓는 심장을 향해 돌진한다
호박 속에 묻혀 있는 검붉게 타오르는 빛
히로시마에도 보스턴에도

효과가 없었던 증표
이렇게 항상 기대를 저버리는 시인
시인의 주술은 항상 효과가 없다

그러나 황혼녘의
후지산 기슭
헝클어진 머리카락을 바람에 흩날리며
들풀 속에서 불쑥 나타난 여자들
무얼 보려고
들판에 나온 것일까
당신 이야기에
메시아는
나오지 않지만
죽은 여자들, 돌아온다
터져 흩어지는 빛을 보고—
자꾸
돌아온다
이곳은 잘 아는 벌판
집을 나와 어느새 여기까지 왔다
어쩌면 집으로 돌아가는 길이었을까
겨우 당도한 후지산 기슭
발바닥의 증표는
액막이가 안 되나 보다

12

어느 날, 남자들은 브리지 게임을 하고 있었다
뉴헤븐의 여름
징병을 거부한 네 명의 젊은이
러닝셔츠와 반바지
테이블 밑에서 서로 부딪치는 긴 다리
다음 날 캐나다로 떠날 때까지 시간 보내기
나는 옆에 한 살 된 아기를 재워놓고
다음 날 수업 준비를 하며
가끔 캐나다의 삼림 풍경을 그려본다
남자들이 무슨 이야기를 했는지
듣고는 있었는지
기억은 하고 있었는지
나는 내일 해야 할 일로
시간이 없고
그들은
무엇을 해야 할지 모를 정도로 많은 시간이 있어
오지 않을지도 모를 내일을 기다리는 시간이 충분했다

그 이후 네 명과 연락이 끊기었고
바람결에 들으니
한 명은 아이가 태어나고
두 명은 행방불명
도쿄로 돌아온 나는

그들에겐 주소불명
아이는 다섯으로 늘었고
그들이 생각나면
머릿속에서 편지를 썼다

그때의 갓난아이는 벌써 서른
베트남 전쟁의 전몰자가 제일 많은
네브래스카에 있다
네브래스카는 문자 그대로 미국 지도 한가운데 위치
공룡들의 고대 제국
지금도 공을 껴안고
다이나소어처럼 달리는 남자들
그때의 갓난아이는 점수를 매기며
성원을 보낸다
올해 네브래스카는 풋볼 전미 1위

브리지 게임을 하던 네 명의 남자는 뉴헤븐 입구에 진을 치고
지금도
말없이 브리지 게임을 하고 있다
그곳을 지나면 나의 도시
캐나다의 숲의 침묵이 주변을 감싸고 있어
침묵은 침묵인 채로 시간이 흐르고
시는 말이 되지 않은 채

숲으로 둘러싸인 옛 도시로 돌아오고 있다
망명 지도 속의 우발적인 사건들
남자들은 나이를 먹지 않고
내일 떠날 때까지 시간을 보내면서
액자 속에 머물러 있다

13
그 다음 날
잠에서 깨어나니 누군가가 베어내어
창밖에 나무가 보이지 않았다
창틀 속은 공백
그곳에 펼쳐지는 불투명한 하늘
왠지 상쾌하지 않은 아침
거실 소파에 앉아
어제까지 그곳에 있던 나무를 그려본다
혼고本鄉*에서 살아남은
수령이 백 년 된 나무
내가 돌아왔을 때
큰 나뭇가지에 가려
창밖 풍경이 보이지 않았다
그래서 여기서 삼십 년 가까이 살아온
여정의 길을
나무 뒤에 휙 집어 던져버리고
필요하면 언제든 그곳에서 꺼낼 수 있을 거라 생각했다

변색할지 모르지만
30년 정도의 메모리는 간단히 보존해 줄
큰 나무 그늘
그 뒤에는 시가지가 있고
숲이 있고 산들이 이어져 있고
바다가 있었다
지나가는 길에 만난 사람들
헤어지고 온 그리운 사람들
생각하고 싶지 않은 풍경
과거의 기억이 창가까지 밀려왔지만,
나무는 방파제처럼 회상을 차단한다
읽지 않고 보관해 둔 이야기책
방문한 적 없는 섬들
여기에서 쓰려던 종이 뭉치
항상 긍정적인 나무
가지와 잎으로 덮어
거품을 일으켜 양조하고
저장해
어느새 완성한 환상의 명주
찾아내는 즐거움
만취의 예감

아침에 일어나니 나무는 없었다
나무와 함께 사라진 환상의 풍경

환상의 기억
스위치를 넣으면 공백의 화면
밝아오는 텅 빈 아침
체념은 하지만
유백색 하늘이 어쩐지 의미가 있는 듯
감추고 있던 게
불쑥 나타날 것 같다
나는 기습 당하지 않으려
잊었던 걸 생각하며
그 날을 기억해 낸다
그 날 끝낸 것은 무엇이었나
다 쓴 시
강변에 서 있는 집
짐도 그대로고
정원에서 어린아이들이 놀고 있고
어느 신화 속의 정경을 닮았다
도착하지 않길 바라며 보낸 편지는
어제였던가
어제 끊은 전화
어제 눌러버린 열쇠
사라진 어제의 이야기
나무와 함께 사라진 다량의 메모리
어제 끝낸 것을 찾으며
나는 허무해졌다

사라진 나
언젠가 공사도 시작되고
어느 날 아침 뭔가가 불쑥 나타나겠지
르네 마그리트의 그림처럼
갑작스레
창문 가운데 떠올라
그때까지
아무것도 아닌 시간
보존하지 않은 자의 시간
사라진 자의 시간
아무것도 하지 않는 아침
햇볕이 잘 들게 된 창
밝아진 방
커피라도 마실까

14
리버사이드에 이사 온 날
남캘리포니아에는
벚나무도 미국 산딸나무도
수선도 크로커스도
피지 않는다는 걸 알았다

미리암이 겨자씨를 주면서
봐, 밀레의 씨 뿌리는 사람같이

주변에 뿌리는 거야
라며 가르쳐 주었다
그해 여름 정원 가장자리에서 유칼립투스 숲까지
주변 일대가 진홍색 겨자 들판이 되었다
씨를 너무 많이 뿌린 거라며 미리암은 어이없어했다
정신이 나갔니?

그해 봄
슈레히트의 집 뒷마당의 복숭아나무는
분홍색과 빨간색 꽃을 피웠다
식물병리학자인 슈레히트는
복숭아나무의 광기라고 했다
나는 가지 하나를 얻어 정원에 꽂았다

이듬해 봄에도 복숭아나무는 광기에 가득 차 있었다
옅고 짙은 복숭아 꽃을 바라보면서
무엇이 복숭아나무를 미치게 했는지
봄 내내 몽상했다
그해 여름 복숭아나무에는 많은 열매가 열렸다
과실도 미쳤을까
슈레히트는 가르쳐주지 않았다

리버사이드 정원에
야생 하이비스커스가 일 년 내내 피어 있다

향도 없고 시들 기미도 보이지 않아
어느 날 도저히 참을 수 없어
가지 하나를 꺾었더니
금방 시들어
식탁 위에 벌겋게 축 늘어졌다
하이비스커스 가지를 몇 개나 꺾었던 그해 여름
가지를 꺾자 바로 오므라드는 꽃
음식을 만들고 나면
항상 축 늘어지던 나

리버사이드 정원에서
아이들을 길렀다
사방에 깔린 배드램 종자의 잔디 위
빨간 과실을 던지고 차며 신나게 놀다
저녁놀이 물드는 황혼녘
프라센터 정원을 달려나갔다

15
그 날 어딘가에서 사고가 일어났다
비행기는 시카고에서 발이 묶이고
승객은 홀리데이인으로 보내졌다
장미꽃 무늬가 흩어져 있는 커튼에 갇혀버린
생각지도 못한 밤
뜻밖의 홀리데이

음료는 전부 무료
바bar에서는 축제가 시작되려 하고 있고
멀리 저편에는 구급차가 사이렌을 울리며
불빛을 분주히 깜빡거린다
콘크리트 우주의 확대
그러나 여기는 별세계다
이런 밤은 여태껏 없었다
아니 이런 밤을 언젠가 보냈던 것 같다
집에 있는 침대에서인지
꿈속 깊은 곳에서였는지 모른다
차가운 장미꽃 요
이처럼 빨간 장미는
어딘가 상처라도 있는 걸까
향이 나지 않는 건
이미 후각이 마비되어서인가
장미는 시야를 가리고
의식마저 빨아들이려 해
이 여행이 어떤 여행이었는지
전혀 생각이 나지 않는다
아들의 졸업식
아니면 결혼식이었던가
축하하던 날 밤
어딘가로
여행을 떠나던 밤

아니 어디로 가는지
어디서 왔는지
처음부터 알지 못했다
아는 것이라곤
항상 머무르게 되는 이 밤뿐
뜻밖의 카니발
장미는 항상 나중에 찾아와
끝나고 나서 도착한다
장미는 끝내기 위한 장식
나는 흡혈귀를 기다리고 있는 기분
검은 오르페는 어디 있나
화장해 주지 않을래요
눈을 뜬 채로도 꿈을 꾼다
아기를 낳았을 때도 장미가 도착했다
몸도 마음도 진홍색 장미
옆집 여자는 분홍색 장미를 받았다
오늘 밤도
어딘가에서 장미 이부자리에 눕는 사람이 있을까
늘어선 관
가족들이 달려오기를
신원이 판명되기를
기다리고 있다
나는 누구인가요
시카고 공항은 영하 30도

얼어붙어 빳빳한 장미
폴리에스터의 장미 미이라
마지막에 인터뷰는 아니지만
이젠 됐어 그런 건 묻지 말길
그저 단순한 행방불명
야간비행 중 불시착
목덜미에 상처를 남긴 채
싼 호텔에서 맞은 아침
예상한대로
옅은 붉은 빛을 띤 장미가 배달되어 있었다

16
맛있는 음식을 먹고
어디에 갔었나요
얼큰히 취해
사이좋게 손을 잡고
삼삼오오 어딘가로 사라져 갔다
목적지는 몇 만 년 저편
그날 밤도 오늘 밤도
뒤에는 등불만이 남아 있다

음력 3월에 반드시 돌아오는 도깨비들
항상 여자아이 얼굴로
되살아난다

저렇게 예쁜 얼굴을 하고
무작정 먹고
마셔댄다
악기를 연주하고
춤을 추니
나도 어느새 덩달아
거나해진 기분
복숭앗빛 등불에 비치는 죽은 이의 얼굴
새들이 지저귀기 전, 블루의 시간
올해도 끌려간 이는 누구인가
아침, 깨우러 온 것은
도깨비가 잡아 먹은 영혼
귀를 기울여도 사라져 찾을 길이 없다

물 없는 강에 찾아온 한 무리의 어린아이들
크라쿠프에서 온 무리도 있어
소피와 온종일 음식을 만들었다
크라쿠프의 숲에서 온 무리는
갈색 천을 두른 목각쟁이 수행승
슬퍼 보이는 얼굴을 하고
먹고 마시는 데는 달인
춤추기의 달인
소피도 여자아이 얼굴로 분장하고
캘리포니아의 일본술에 취해

내일은 스님과 같이 크라쿠프로 돌아간단다
스님은 내일부터 다시 참회의 나날
소피도 나도 내일은 99세
거리의 사람들 틈에 섞여 보이지 않는
워드 프로세서를 치는 도깨비
걸레질하는 도깨비
다음 음력 3월까지
차고에 보관하는
술을 마시지 않은 놀이용 여자 인형들
문을 닫자 몇 만 년의 블랙홀

올해 복숭아꽃은 유난히 아름다웠다
올해 찾아온 무리는 어느 일당들인지
어디선가 본 것 같지만
옛날 애인도 아이들도 아니다
올해는 음식을 준비하지 않았다
트릭 오어 트릿**
불시에 찾아오는 유령들
위협해도 시간은 이미 끝났고
아직 오지 않은 크라쿠프의 무리
나는 아직도 혼고에서
마귀할멈 이야기를 읽고 있는데
소피는 어느 외딴곳에서
지금도 가면을 쓰고 있을까

17

8월은 여자들의 해산달
8월의 햇살 가운데
여자들은 웅크리고 앉아서 아이를 낳았다
그러나 언제부턴가
8월의 햇살은 아이들을 태우고
여자들의 자궁을 무화시키고
하늘을 향해 부풀어 오르더니
마침내 풍선 같은 천체가 되어
주변의 모든 것을 덮었다
출산의 힘이 미치지 않는
파괴를 모은 우주
무정란의 돔
나도 옛날
어떤 나라의 인디언 이름이 붙은 마을에서
8월에 아이를 낳았다
옛날부터
여자들은 복수를 하려고 아이를 낳은 걸까
남편을 남쪽 바다에 가라앉힌
큰어머니 모모코는 여섯 명
외숙모 하루코는 네 명
커다란 배로
남편을 남쪽 바다 깊숙이 몰아넣었다

리나 그로브***
불륜을 폭로 당한 여자
주홍글씨를 가슴에 붙인 채 출산하고
여우의 정체를 들킨 여자는
고향에 돌아가면서도 아이들을 두고 가고
썩어 문드러져 가는 육체를 들킨 여자는
도망가는 남자를 쫓아
나무 열매를 내던지며
개체 수를 늘리려고 기를 썼다
사체를 보게 된 자는 낳아야 할지 말아야 할지가 고민
죽은 사람보다 많은 신생아
죽음을 초월하는 탄생
그러나 이 8월
산달이 오지 않아
여자들, 웅크려 앉지 않고
나도, 더는 낳지 않는다
이번 세기
사람들을 동물 열차에 태워 보냈다
트레블링카로
마테 동방 앞바다 백이십 킬로의
깊고 깊은 바다로
죽은 사람들은 진주조개로 되돌아온다
폭풍이 일어나지 않아
폐선까지 내려와 확인하려고 했다

첩자 같은 여자
검은색 다이빙 슈트
가져간 것은
현재라는 시간뿐
아무것도 없는 초원과 넓은 바다
모두 세상을 떠나버렸다
처음엔 리리가
그다음이 로드
큰어머니 프리자는 작년 여름
이제 뉴욕에 친척이 없다
큰아버지 쟈크는 이스라엘에 묻혔고
쥬루스는 죽어도 민스크에는 돌아오지 않겠지
홀로코스트와 방사능 오염으로 알려진 고향
손자 미셀은 해부를 못해 의과대학을 그만두고
뉴욕에서 산신을 켜고 있다
비틀스의 노래가 아닌
나하那覇에서 배운 동물 애가哀歌
동물실험 없이는
의학의 발전도 없다던 미셀
머리카락을 자르고
씻기려고 하니
벌거숭이가 되었다
존엄의 시간도 없고
선택의 시간도 없다

매장할 때
큰어머니 프리자는 꽃다발을 거절했다
시나고그에서는 꽃은 금물
울려면 벽을 향해 우세요
꽃도 눈물도 없고
음악도 이미지도 금지
머리카락은 남아 있다
띠가 난 황폐한 집
짧은 밀회여
이별은 잰걸음으로
재빠르게 달아나는 환상의 연애

나는 또 어느새
여기에 서 있다
같은 장소에 돌아와 있는 두자춘杜子春
몽환의 시간 속에서
나는 어떤 규칙을 어겼을까
박꽃 울타리가 없는 혼고 골목
콘크리트의 폐허
문명을 끝없이 채워 넣은
폐품처리장
집 담장 안에 신선이 나타날까
내 그림자를 파면 황금이 발견될까
환상의 시간 속에서

이야기하는 여자가 있었다
낡은 옷을 꿰매며
여자아이처럼 웅크려 앉아
듣는 사람은 없는데
혼잣말처럼
이야기하고 있다
어떤 때는 귀를 막고
어떤 때는 들리지 않는 척하고
아는 체하면 화를 내고
틀리면 회심의 미소를 지으니-
무심코 흘린 눈물이 잘못이었을까
도로아미타불
이렇게
원점으로 되돌아왔다

정신을 차리니 낯선 도시였다
아이들을 데리고 방황하다
인연이 있어
강변의 외딴 마을에 자리잡았다
이제는 등대를 향해 노 저어 가는 꿈을 품지 않고
유칼리 숲의 냄새를 맡고
물 없는 강의 소리를 들으며 살았다
건기에는 산불
우기에는 사막의 홍수를 보았다

어떤 금기를 깼을까
황혼녘, 이 골목으로 되돌아오다니
비축해 둔 것이 아무것도 없는
빈털터리
갑자기 갈라지는 활단층은 있어도
여긴 이미 옛날 땅이 아니다
갈라진 틈새로 보이는 건
투과 불가능한 과거
돔 속의
네온 빛 현란한 〈불빛 지옥〉

술렁이는 소리가 들려온다
거인들의 싸움
인간과 동물의 싸움
거인과 난쟁이들의 싸움
돌은 닳지 않고
버터는 손안에서 녹아 버렸다
분무 되는 불임제
냉동된 그린피스
용과 호랑이와 잉어의 곡예
넥타이를 매지 않아
경극을 보러 들어갈 수 없는 황제
영화를 더 좋아하는 황제
영화가 생긴 지 백 년

영상의 세기에
과거의 이야기는
영화 내용만큼 기억하지 못하지만
빛이 거꾸로 된 그림자들의 드라마를
우연히 발견했다
환상의 시간
우디 앨런의 민스크
마을 바보들의 국제회의장으로
사람들이 돌아온다
All the dead dears
8월 12일은 쥬루스의 기일
8월 14일은 로즈의 생일
그리운 사람들이 돌아온다
무늬천남성의 8월
매립지의 메트로폴리스로
물 없는 강에서 만난 것은
가는 것인가 돌아오는 것인가
돌을 주우며 기다렸던 나날들
Waiting years
돌아오는 아이들
돌아오는 인형들
노파의 옷을 지은 여자가 불을 붙인다
소피가 준 호박
타오르는 호박 속의 생명

화석에서 기어 나오는 이야기
네브래스카의 바윗결에서 들은 바람
타오르는 이야기 속의 수정란
–홀로코스트를 교육할 방법은 없습니다
작품뿐입니다, 라고
말하는 란즈만****
그 영상 속에서
보이지 않는 것들이 되살아난다
호박 속에서 돌아오는
사라진 사람들
미네오카산에도 등불이 켜져 있다
올 8월
큰어머니 모모코는 허리를 다치고
외숙모 하루코는 입원
남편들을 남쪽 바다에 남겨둔 채
호박 속의 봄이 돌아온다
꽃들도 돌아온다
독경하는 진홍색 가사 뒤에서
들려오는 열차 소리
스크류엔진의 진동
소용돌이치는 너울
샤워 소리는 들리지 않았고
공기가 흐르는 소리는 들렸던가
문 옆에

신선이 사는 별에서 온 남자가 서 있다
시라코라고 하는 읍내의
백일홍 거리에
능소화가 피어있는 오두막이 있다
꿈과 환상을 버리면
능소화를 줄게
후카쿠사의 집
새가 지저귀고 있고
햇빛이 비치고
여우비가 내린다
여우가 시집가는 걸까
아니면 호랑이가 장가를 가는 걸까
후카쿠사의 집으로 귀가
짧은 귀성의 나날
돌아가는 사람들
돌아가는 아이들
나팔꽃이 피어 있을 동안에
이별의 키스를 하자

* 혼고本郷: 도쿄 분쿄구에 위치한 지역(역자주)
** 트릭 오어 트릿(Trick or Treat): "과자를 주지 않으면 괴롭힐 거예요"라는 의미로, 할로윈 때 아이들이 기괴한 복장을 하고 집집마다 다니면서 외치는 소리(역자주)
*** 리나 그로브: 윌리엄 포크너의 「8월의 빛」에 나오는 여자 주인공(역자주)
**** 란즈만: 클로드 란즈만(Claude Lanzmann, 1925~) 프랑스의 영화 감독, 홀로코스트를 다룬 9시간 30분짜리 영화 〈쇼아〉(Shoah, 1985)를 제작했다.(역자주)

| 역자 후기 |

이영화

귀로歸路의 사전적 의미는 '돌아가거나 돌아오는 길'을 말한다. 달리 말하자면 길을 떠나 목적지에 도착한 것이 아니고 목적지를 향해 가는 도중에 있다는 뜻이기도 하다. 1961년 미국으로 유학을 떠난 미즈타 노리코는 미국 생활을 접고 1985년 일본으로 완전히 귀국하게 된다. 『귀로』는 미즈타가 오랜 해외 생활을 끝내고 다시 일본으로 돌아가려, 또는 돌아오려 하는 시인 자신의 귀로의 여정이 담겨 있는 시집이다.

미즈타는 미국으로 유학을 떠나기 전인 1950년대부터 1960년대 전반까지 동인지 「시조직」의 동인들의 모임인 「부메랑회」에서 작품 활동을 해 왔다. 『귀로』는 미즈타의 문학 활동의 출발점이었던 「부메랑회」가 2006년 해체된 후, 그동안 써놓고 발표하지 않은 시들을 모아서 2008년 일본 시초샤思潮社에서 발행한 것으로 1980년대부터 2000년대까지의 시들이 실려 있어, 시인의 시의 흐름을 볼 수 있다.

원작은 총 4부로 구성되어 있으나, 한국어 번역본은 이 가운데 몇 명의 시인이 서로 주고받으며 이어서 쓴 「4행 연시에서」 라는 부분을 제외한 「1부 귀로」「 2부 정원」

「3부 타오르는 호박」의 3부 구성으로 되어 있다. 「3부 타오르는 호박」은 소설가, 시인으로 유명한 오바 미나코大庭みな子와 주고받은 왕복시 가운데 미즈타가 오바 미나코에게 보낸 17편의 화답시로 이루어져 있다.

『귀로』에는 오랜 고심 끝에 귀국을 결정했지만, 고국이라는 곳이 자신이 돌아가야 할 곳인지, 돌아가도 될 곳인지에 대한 머뭇거림이 시인의 기억의 틈새를 유영하고 있다. 시집의 제일 첫 장에 실린 「푸른 시」에 나오는 기억이란 단어를 비롯해, 희미해져 가는 기억을 붙잡으려는 의지의 흔적들이 여기저기 흩어져 있다. 하지만 이런 시도들은 때로는 아무런 필연성도 없을 것 같아 보이고, 설명조차 없어 독자들에게 난해하게 다가오기도 한다. 그러나 여기서 놓치지 말아야 할 것은, 자신의 기억뿐만 아니라 문학 작품 속의 기억, 타민족의 기억, 타인의 기억들이 과거에서 현재로, 또는 현재에서 과거로 옮겨가면서 사적인 기억과 공적인 역사가 겹쳐진다는 점이다. 미즈타의 시는 아우슈비츠, 바르샤바, 이스라엘, 런던, 미국, 뉴욕, 멕시코, 예멘, 도쿄 등을 종횡으로 내달리며 세계사의 기억을 단순한 리듬으로 표현한다. 또한 에즈라 파운드, 거트루드 스타인, 실비아 플래스, 앤 섹스턴, 윌리엄 버틀러 예이츠, 허먼 멜빌, 윌리엄 포크너, 어니스트 헤밍웨이 등 광범한 문학적 맥락은 미즈타의 시 세계와의 관련성을 추측할 수 있게 한다. 미즈타는 자신의 시어에 이들 세계적인 시인, 작가들의 작품을 암시, 또는 인용하기도 하는데, 그러나 관련성을 찾으려 애쓰지 않으면 쉽게 드러나지 않아 읽는 이로 하여금 기억의 저편을 더듬게 함으로써 세계적인 시인들과의 교감의 장을 제공한다.

「TOKYO에서」와 「TOKYO로」는 도쿄의 도시명이 일반적으로 사용하는 한자 표기 '東京'이 아닌 알파벳 대문자 'TOKYO'로 적혀 있는 것이 눈에 띈다. 「TOKYO에서」는 시의 제목을 비롯해 마지막 행의 "TOKYO에서/어디로 돌아갈까"라는 부분이 알파벳 대문자로, 「TOKYO로」에는 도쿄라는 지명이 몇 번이나 나오는데 "도쿄에도 사자死者가 기다리고 있다"는 행을 제외하고는 제목을 비롯해 전부 'TOKYO'로 표기되어 있다. 미즈타는 도쿄에서 태어나 대학을 졸업하고 미국 유학을 떠날 때까지 도쿄에서 살았다. 그러나 오랜 해외 생활을 하면서 일본을 돌아갈 고향이라고 생각하고 있지 않았다며, 자신의 아이덴티티의 다중성을 시집 『귀로』에 표현했다고 한다. 그런 시인에게 'TOKYO' 역시 일시적으로 닻을 내리는 하나의 장소에 지나지 않았음을 앞서 인용한 "TOKYO에서/어디로 돌아갈까"를 비롯한 「TOKYO로」의 마지막 연에서 유추할 수 있다.

우리들
아우슈비츠에는

잠시 들렀을 뿐이에요
TOKYO도 마찬가지예요
서방西方에서 아이를 데리고
집으로 돌아가려는
일정 중의 하나

『귀로』를 영역한 조단 스미스는 도쿄의 영문 표기와 관련해, "도시명이 대문자로 되어있어 마치 공항 안내판을 연상시킨다"며, "하지만 그 여행이 단순히 어디를 갔다가 돌아오는 것이 아니라, 계속해서 진화해 나가는 역사에 기반을 둔 일련의 사건들과 장소들로 굴절된 외부로 향하는 궤적"이라 표현하고 있다. 스미스의 말처럼 미즈타의 시는 변화하는 관계의 과정을 계속 만들어간다. 그래서 어쩌면 자신의 고국으로 귀국한 시인은 아직도 여전히 막힘과 닫힘이 없는 경계를 넘나드는 길 위에 머물고 있을지 모를 일이다.

「정원」이란 부제가 붙은 6편의 시는 내면의 또 다른 길찾기를 보여주는 시들이다. 「정원사 – 정원1」은 마음을 정원에 비유해 스스로를 쓸어내고 비워내며 알아차려가는 모습을 그린 듯한 느낌을 준다.

오늘 아침도 남자는 정원을 쓸고 있다
대빗자루를 들고

낙엽을 긁어모아
땅에 희미한 비질 자국을 남기며
막혀있는 이 조그만 땅을
정성스레 손질하고 있다

이 시에는 "오늘 아침도 정원을 쓸고 있다"는 구절이 세 번이나 되풀이되는데, "땅에 희미한 비질 자국을 남기며" 매일 새벽 절 마당을 쓸며 자신과 주변을 정화해 가는 스님의 모습과 중첩되어 명상과 선 수행을 연상시킨다. 매일 아침 정원을 쓸고 있는 '정원사'는 마치 언제나 그 자리에서 '나'의 뒤처리를 해주는 특별한 존재인 것처럼 묘사되어 있지만, 그런 '정원사'의 모습을 지켜보는 '나' 자신이야말로 내 정원의 '정원 지킴이' '내 정원의 승려'이다. 연작시 「정원」은 2000년 이후의 시들로 한층 깊어진 사유와 내면의 섬세한 관찰이 엿보여 시인의 또 다른 길 위의 여정을 상상하게 한다.

미즈타는 사라지는 기억을, 또는 사라지려는 기억을 시를 통해 붙잡아두려 한다. 또한 사라져서는 안 될 기억들을 경험하지 않은 세대에게 전해 그 기억을 이어가게 하려 한다.

—홀로코스트를 교육할 방법은 없습니다
작품뿐입니다, 라고

말하는 란즈만
그 영상 속에서
보이지 않는 것들이 되살아난다
호박 속에서 돌아오는
사라진 사람들

돌아오고 돌아가길 되풀이하며 여전히 길 위에 있으리라 여겨지는 시인은 시와 기억을 엮어 스토리텔링한다. 이처럼 시집 『귀로』는 사적인 기억과 공적인 역사가 겹쳐지는 스토리텔링을 통해 기억 이후의 기억을 이어가게 한다. 그 이야기 속에는 단순한 개인의 기억을 넘어, 사라져 가는 역사가 있으며, 그 역사는 결국 인간의 문제로 귀결되기 때문이다.

미즈타 노리코(水田宗子)

학교법인 조사이대학 전 이사장, 시인이며 비교문학가이다.

도쿄에서 출생했으며 도쿄여대 영미문학과 졸업 후 미국으로 건너가 예일대학교 대학원에서 박사과정을 수료했다(문학박사). 미국 메리마운트대학교, 스크립스대학교, USC대학교 등에서 문학과 페미니즘 비평 이론을 가르쳤고, 귀국 후에는 조사이대학교 및 조사이국제대학교 교수를 거쳐 동 대학교 학장과 이사장을 역임했다.

2011년 헝가리공화국 문화훈장, 2013년 헝가리공화국 십자훈장, 2013년 시카다상을 수상했다.

시집으로 『봄의 끝자락』『푸른 해조의 바다』『산타바바라의 여름휴가』『암스테르담의 결혼식』 등, 평론집으로 『모더니즘과 '전후 여성시'의 전개』『오바미나코 기억의 문학』『히로인에서 히어로로』『젠더를 읽다 '한류 문화의 현재'』 등 다수가 있다.

옮긴이 이영화

조사이국제대학과 동대학원 인문과학연구과에서 한국어, 한국문화, 일한 번역 등 주로 한국과 관련된 강의를 하고 있다. 인 · 의 · 예 · 지를 실천하며 양심의 소리에 귀 기울이며 살아가고 있다.

공저 『韓国語ゴーゴー』가 있고, 번역서로 유미리 『평양의 여름휴가—내가 본 북조선』, 구리하라 사다코 『히로시마라고 말할 때』, 야기 주키치 『야기 주키치 시선』, 시가타상 수상 기념 국제심포지엄 『생명의 존엄을 표현한다는 것』이 있다.